A

DOMINIQUE BONNAUD

Son admirateur et son ami,

L. T.

LAURENT TAILHADE

La Feuille à l'envers

— Revue en un Acte —

PARIS

LIBRAIRIE LÉON VANIER, ÉDITEUR

A. MESSEIN, Succr

19, QUAI SAINT-MICHEL, 19

MCMIX

. . . . ego, si risi quod ineptus
Pastillos Rufillus olet, Gorgonius hircum,
Lividus et mordax videbor tibi ?

LA FEUILLE A L'ENVERS

REVUE EN UN ACTE

Le petit acte que voici fut écrit, d'abord, pour le théâtre Mévisto et destiné à y prendre la place d'une revue ordinaire. Cette conjoncture, notifiée au lecteur, l'aidera, possible, à comprendre l'usage qu'on a fait de couplets sur *La Matchiche*, *La Tonkinoise* et autres timbres de la même sorte, destinés à faire valoir ce que de très belles personnes daignaient appeler communément leur organe. Elle explique aussi pourquoi fut le nom de M. Mévisto imposé au compère dont cet excellent comédien avait accepté de tenir l'emploi.

L. T.

Pas de décor. Une toile de fond cache le théâtre, permettant l'accès du *proscenium*, sans plus.

MÉVISTO

Mesdames et messieurs, la revue annoncée
Par l'affiche, sans plus de retard commencée,
Grâce à l'effort d'un art vraiment prestigieux,
Va charmer tour à tour votre esprit et vos yeux.

1

Ainsi qu'en un festin où les mets délectables
Proéminent, entre les roses, sur la table
Et mêlent, dans un à-propos ensorceleur,
L'arome de la truffe à l'haleine des fleurs,
Ici vous trouverez outre les fleurs humaines,
Cydalises, Manons, Agnès et Dorimènes,
Blancheurs de lis, parfums de fraise et cætera,
Un chef-d'œuvre que pour vous seuls, élabora,
Dans un style disert, exact et polychrome,
Le poète Jean Poux, dit Arsène Lavôme.

C'est un très bon faiseur. Son nom le clame assez.
Lubin vante son eau. Pour les marrons glacés,
Pihan bat le record des annonces lyriques.
La *Salamandre* enclôt dans un fourneau de briques
Réfractaires, quand vient décembre aux longs frimas,
Un peu de la chaleur que Paul Bourget n'a pas.
De la rue Eginhard à celle de La Pompe,
Le docteur Eguisier livre des clysopompes,
Tantôt muets, tantôt à musique. Fursy,
Fursy, ô né Dreyfus ! ta Boîte a réussi !
Malgré les turlupins qui la prennent pour cible,
Madame Dieulafoy porte un inexpressible :
Car du *bluff* et du pouf, les modes sont divers.

Mais Jean Poux cérébra notre *Feuille à l'envers*.

Jadis il récitait, dans les cafés nocturnes,
Des vers humides, tel un marais de Minturnes,

C'est un pohâte, un vrai !
                         Ores, il est cité
A Montmartre et chez les bistros de la Cité.
Afin d'avoir son nom inscrit dans le Larousse,
Il rend quelques petits services à la Rousse.
Bérénice en eût fait son cœur et Pawlowski
Le confond avec Théocrite ou Valmiki.
Long comme un jour sans pain en redingote noire,
Ses regards sont ourlés d'anchois lacrymatoire :

(avec la mélopée de Sarah Bernhardt).

Quand il passe, on dirait un ange chassieux
Qui torcherait ses pleurs dans le torchon des lieux !

(ton normal.)

Mais, folâtre aujourd'hui, visant à vous complaire,
Il assume les déhanchements de Polaire
Et, jeune, souriant, alerte, distingué,
Il accepte le titre et le nom d'auteur gai.

Sa revue — on en parlera dans mille années —
Voluptueuse, hilare et fort bien ordonnée,
Des scandales du jour dévidant l'écheveau,
Fera pâlir Cottens aidé de Paul Gaveau.

Si l'on ne trouve pas ici la viande crue,
Et les gorges en zinc d'art, et les fortes grues

Qui soulèvent le Turc, le Guèbre, l'Espagnol
Et le Papou, sur les trottoirs du *music-hall,*
Si nous manquons de lampes Popp, d'arcs électriques
Et si, pour figurer des *jalejos* lubriques,
Au ronflement solliciteur du *pandero,*
Nous n'avons ni Mayol, ni la belle Otero ;
Pour que soit de nos jeux la vénusté complète,
S'il nous manque E. de Max répondant à Colette,
Du moins (*saluant le public*), grâce à Jean Poux (*il*
               [*resalue*), auteur des mieux cotés,
Nous ne chômerons ni d'esprit, ni de gaîté.
Oui, messieurs ! de l'esprit comme un feu d'artifice !
Dès que les histrions, vaquant à leur office,
Vêtus de pourpre et d'or, ayant refait leur voix,
Chanteront des couplets que scandent les hautbois
Et, détaillant avec bonheur la moindre phrase,
Inculqueront en vous de suprêmes extases,
A moins d'être pourvus d'un esprit rudânier,
Vous direz tous :
        « C'est beau comme du Méténier ! »
Et si je vous surfais d'un iota, que je meure !

LE CENSEUR

    Il est assis au premier rang de l'or-
chestre, sur le dernier fauteuil.

Monsieur, vous en avez au moins pour un quart d'heure.
Excusez si je vous coupe.

MÉVISTO

    Vous désirez ?

LE CENSEUR

Parler au directeur du théâtre.

MÉVISTO

Ici près,
Vous trouverez, monsieur, l'objet de votre envie.
C'est moi-même.

LE CENSEUR

J'en suis charmé.

MÉVISTO

Je vous convie
A me dire ce qui vous amène. Soyez
Bref. Nous avons, ici, la terreur des barbiers.

LE CENSEUR

Je serai bref. Ne craignez pas que je vous rase
Et que, notifiant de vaines parabases,
J'induise le public à s'endormir.
Voici
Pourquoi je viens. Monsieur le Préfet de police,
Ayant vuidé les latrines avec délices
Et, dans ces mêmes lieux qu'encombre le roussin,
Entendu les témoins de l'impasse Ronsin,
Afin de retirer d'essoine, de forclore
Marguerite Steinheil, veuve de Félix Faure
Et de mener à bien ce travail où l'aidaient
Le sycophante Hamard et le juge Leydet,

Pour mieux faire oublier la piste des lévites,
La perle de Rémy Couillard et rendre vite
Aux longs embrassements de monsieur Borderel
Celle qui, pour un jour, prit le nom de Sorel,
A résolu, dans sa jugeotte péremptoire,
D'appréhender, puis de déférer aux prétoires,
Les auteurs sans vergogne et les cabs déhontés,
Qui font voir au public leurs impudicités.
La *Ligue contre la licence des revues*
Et les deux Cassagnac si féconds en bévues,
S'émeuvent, apprenant qu'un Mévisto pervers
Affiche pour ce soir, quoi ?

> *La Feuille à l'envers,*

Titre cynique dont l'impudence morose...

MÉVISTO

Monsieur, vous plairait-il confabuler en prose ?

LE CENSEUR

J'allais vous en prier. Voici donc l'affaire qui m'amène. Je suis délégué avec autorisation de monsieur Lépine — si la pudeur permet que je m'exprime ainsi — par le sénateur Bérenger dont la laideur fait avorter les cynocéphales et par la rédaction de l'*Autorité*, à qui Badinguette enseigna, jadis, les bonnes mœurs.

Je m'occupe laborieusement de la pudeur, je détermine l'échancrure des corsages et pèse au compte-gouttes l'impudicité des flons-flons. J'expurge Aristophane. Je châtre Rabelais. Je vitupère la Mouquette. Je dégobille sur Zola. Je combats le nu. Je m'oppose au décolletage des pasquils, au déculottage des figurantes. J'inspecte les dessous, oui, monsieur! Je constate la moralité des eaux de toilette. Je cultive en grand la feuille de vigne appliquée à la vertu.

MÉVISTO

Bon moyen pour n'être pas touché par les crises viticoles !

LE CENSEUR

Je censure en un mot les gestes, le costume et les paroles de chacun.

MÉVISTO

Vous censurez? mais je croyais la Censure abolie.

LE CENSEUR

Abolie? On n'abolit jamais en France une institution qui permet aux béjaunes d'incommoder les personnes d'esprit. La Censure est immortelle.

MÉVISTO

Comme les vieilles dames.

LE CENSEUR

Et non moins passionnée.

MÉVISTO

Alors c'est vous qui censurez pour *la Ligue*... Comment dites-vous !

LE CENSEUR

Contre la licence des revues.

MÉVISTO

Quel grand coup vous valut un destin si sortable ?

LE CENSEUR

Oh ! presque rien. Mon récent ouvrage *Le Speculum de la justice* (il ne s'est pas vendu à trois cents exemplaires, chez Albin Michel). Il y avait là néanmoins des pages impayables, du Veuillot, de l'Huysmans et du Jocrisse à bouche que veux-tu. D'ailleurs, pas un bon mot, pas une ligne, pas un calembour même que l'on puisse nommer. J'aurais pu me contenter d'être un envieux, un lâche : mon petit travail m'a procuré, en outre, la faveur de passer pour un sot. Au point que la *Ligue* me considère depuis comme un inspecteur de grande conséquence.

MÉVISTO

Comment cela ?

LE CENSEUR

Oh ! c'est fort simple. Quand on me baille un camouflet, je le mets dans ma poche. Ou bien je vais cafarder mon adversaire au quart-d'œil. Au surplus je n'eng..., je n'invective que les femmes et les trépassés. Quand mes cors aux pieds me tourmentent, je coiffe d'un périvier la tête de ma sœur.

MÉVISTO

Voilà une chevalerie, ah! combien moderne style. Vous méritez l'estime, les louanges, et même la bénédiction, non seulement de la *Ligue,* mais du sâr Péladan.

LE CENSEUR

Péladan! C'est un déséquilibré! Quiconque a du talent est un déséquilibré. Quiconque se fait applaudir est un déséquilibré. En outre, un bardache et, de plus, un faux-monnayeur. Est-ce que j'ai du talent, moi? Est-ce qu'on m'applaudit, moi? quand je parle en public?

MÉVISTO

Ah, pas le moins du monde! Quiconque prétendrait cela en aurait menti par la barbe, par la gorge et le nombril. Mais je ne vois pas bien...

LE CENSEUR

Ce qui m'amène? (*Il lui tend un pli*) Lisez cette lettre.

MÉVISTO, *ayant lu.*

Vous pouvez dire à ceux qui vous envoient de dormir en paix. Il n'y a pas de femelles dans notre revue.

LE CENSEUR

Ça ne fait rien. Vous avez peut-être des adhérents à *La Taupe.* Vous savez bien la *Taupe,* cette franc-maçonnerie de potaches dont les collèges sans dieu ont le monopole. Figurez-vous que ces jeunes sagouins, au lieu de bastringuer Nicolas ou d'aboyer aux chausses de Thalamas, ont imaginé (*il lui parle à l'oreille*), oui, monsieur (*il fredonne l'air du* Pré aux Clercs).

> A la fleur du bel âge,
> Ephèbe souvent :
> *La, La, La, La, La, La,*
> *La, La, tra, La, La, La!*

C'est monsieur Marc Sangnier qui les moucharde aux pions.

MÉVISTO

Comment, c'est Marc Sangnier qui vous dépêche? Pourquoi pas le général des Jésuites ou l'abbé des Capucins?

LE CENSEUR

Monsieur Marc Sangnier, et monsieur de Lamarzelle donc, et messieurs de Cassagnac, et le sénateur déjà nommé.

MÉVISTO

Je ne comprends pas bien.

LE CENSEUR

C'est fort simple néanmoins.

Timbre : *Une étoile d'amour* (PAUL DELMET).

Messieurs de Cassagnac découvrant qu'il existe,
Là-bas, on ne sait où, de l'aut' côté de l'eau,
Un beuglant où l'on voit sans linge les artistes,
Ecument de fureur en songeant à c'tableau.

Les gagas, les puceaux, les nègres et les jaunes,
            Blâmant nos mœurs de faunes,
            Grognent, tel un pourceau.
Ils s'en fouichent d'ailleurs, mais ça pourra peut-être
            Emm... nuyer Clemenceau.

Pour mieux couvrir le sein de Dorine, Tartuffe
De la vache à Colas emprunte le frottoir
Et Bérenger, vieillard que Priape rebuffe,
Bannit les fez d'Alger et les chiens du trottoir

Les gagas, les puceaux, les nègres et les jaunes,
            Blâmant nos mœurs de faunes,
            Grognent, tel un pourceau.
Ils s'en fouichent au fond, mais ça pourra, peut-être,
            Ennuyer Clemenceau.

D'ailleurs, nous allons voir.

MÉVISTO

Mais, monsieur, puisque je vous dis...

LE CENSEUR

Oui. Mais je dois me rendre compte *de visu.*
D'ailleurs, cela pourra servir à ma carrière politique.

MÉVISTO, *tendant une chaise.*

Voyez, Thomas! Et vous allez vous incruster à

cette place, jusqu'à l'heure du dernier tramway. Bouffre ! Ce sera joyeux. Enfin, comme il vous plaira. Nous commençons (*Il frappe trois coups*).

Le rideau se lève. Dans un jardin d'hiver — dont une lance d'eau qu'entourent des gazons à quoi sont adossés des bancs rustiques et des sièges cannés, occupe la partie centrale — diverses boutiques drapées d'andrinople, de coutils aux rayures vives et pareilles à ces « cabinets de consultation » où les pythonisses foraines endoctrinent leurs clients. Elles forment un arc développé jusqu'au fond du théâtre où la perspective se borne par une porte fleurie ayant accès dans la coulisse.

Des placards de couleur, des enseignes aux enluminures criardes se pavanent sur les boutiques, tandis que des oriflammes répètent leur inscription capitale au sommet des mâts bariolés. Ce sont :

« LE COCCYS : organe des revendications féministes. — *Directrice :* Prudence, Ophélia, Cadet-Roussel ;

« LE DIVORCE A LA PORTÉE DE TOUS : permission de minuit pour mères de famille et chambrières en mal d'enfant. — Discrétion. — Amour. — Célérité. — Nicéphore Pâquerette, *directeur spirituel ;*

« AUX VIOLETTES DE PRIAPE : Poses plastiques. — Jeux rétroactifs. — Siestes gréco-latines. — Prix très modérés. *Nota bene* : Les rafraîchissements et eaux de toilette sont payés à part ;

« CABARET MALTHUSIEN ET DES FŒTUS RÉUNIS : Exercices d'infécondité. Leçons particulières pour institutrices et femmes du monde par le professeur HUMBERT, savetier honoraire ;

« AU MÉNECHME : Société anonyme de sauvetage au capital de — un million pour les membres du Gouvernement. leurs électeurs et leurs amis, sous les auspices du MATIN. SOSIE and C° L^{td}. Grand choix d'amants de cœur. Faux témoins à discrétion.

« LE GNON, école de savate à l'usage des Croisés. Décervelage. Entreprise de boucans. L'art de chouriner les vieillards en cinq sec. *Tenanciers* : Mathis et del Sarte frères. »

Au lever du rideau qui s'effectue avec lenteur, quelque fanfare, installée sur une estrade jouxtant à la boutique de gauche, rabote la valse : *O sole mio*, cependant qu'à droite, un orgue de Barbarie moud éperdument n'importe, quelle chose empruntée au répertoire de Mayol. Coup de grosses caisses. Trompettes. Couacs de clarinettes et de trombonnes. Tapage forain.

MÉVISTO

Silence ! tous et place au théâtre !

La Reporteresse, La Dévote d'Ignace Papulard, dit Bouton-d'Oranger, La Guillotine, La Péripatéticienne de minuit.

ENSEMBLE

Timbre :

C'est nous, trottinant comme des souris,
Les nouveaux monstres de Paris,
Ephèbes, vieux messieurs
Bavent pour nos beaux yeux.
Qu'ils soient mineurs ou bien âgés,
Nous les ... aimons sans préjugés.
Hip ! Mendès a décrit
Les monstres de Paris.

LE CENSEUR, *les examine, les palpe, les inventorie à grand renfort de lorgnette ou de face-à-main.*

Pas de femmes, dis-tu ? Ce Mévisto ! Quel masque !
Le croirait-on si jovial et bergamasque

Et si propre à jouer les rôles *del arte,*
Avec son air tragique et son front dévasté?
Pas de femmes ! vertu de ma vie ! Et ça ? Qu'est-ce ?
Des allemands ? Des officiers ? Sauvons la caisse
Et veillons au salut du général Piquart !
La troupe me paraît habillée avec art,
Copieuse en tétons et succincte en chemises.

MÉVISTO

Chères belles, tous mes compliments ! Votre mise,
Votre air sont du dernier vainqueur ! mais, dites-moi
Pourquoi donc ces harnais disparates ? Pourquoi
Ne vous accorder pas en atours et visages?
C'est de l'Olympia l'irréfragable usage.

LA PÉRIPATÉTICIENNE

Pourquoi ? C'est que je suis en robe de travail,
Elles aussi.

MÉVISTO

Fort bien. Dans ce vague attirail...

LA REPORTERESSE

Nous venons vous offrir le choix d'une commère.

LA DÉVOTE

A l'humour délicat dont Jean Poux exubère,

LA GUILLOTINE

Au lyrisme qui sort de lui comme un jet d'eau,

LA PÉRIPATÉTICIENNE

Nous rêvons de mêler quelques *dégueulando.*

LA DÉVOTE

Ainsi qu'on choisit une ânesse
Pour porter les sacs au moulin :

LA PÉRIPATÉTICIENNE

Ainsi qu'on nomme Lajeunesse
Parmi les fronts les plus vilains :

LA REPORTERESSE

Ainsi qu'on prend Henry Lapauze
Pour montrer des tableaux, la nuit...

LA GUILLOTINE

Cependant que des ménopauses
Jules Bois sait charmer l'ennui :

ENSEMBLE

Parmi nous, adoptez de même
La fille accorte, bien en chair,
Qui fera valoir le poème
Et vos talents de *manager.*

MÉVISTO

rt bien (*à la dévote*). Ainsi vous ?

LA DÉVOTE

> C'est une grande femme, d'une
> élégance provinciale, ridicule-
> ment coiffée d'un bonnet phry-
> gien, couleur sang de bœuf.

Moi ? moi, je suis la dévote
Libre-penseuse, autour de qui grouille et pivotte
La Congrégation laïque chère aux oints
De l'abbé Duhamel et des Frères Trois-Points.
C'est moi qu'on aperçut au fond des sacristies
Où mons Villate avait ses grâces départies
Entre les grooms et les bonniches du quartier.
Je dépose, au mois d'août, la fleur des églantiers
Sur vos tombeaux, martyrs des jésuites barbares,
O Dolet ! ô dolent chevalier de La Barre
Que, de son œil crémeux d'où le pus coule à flots,
Pleure le doux placier en vins, Jacques Prolo.
Je m'abstiens de harengs et je mâche avec gloire,
Tous les vendredis-saints, un veau blasphématoire,
Car j'aime — et cet amour nul ne le peut changer —
Ignace Papulard dit Bouton-d'oranger.

MÉVISTO

Ignace Papulard ? Le sénateur ?

LA DÉVOTE

Non l'autre !
Le pied-plat, celui qui balaie, et qui se vautre,
Et lèche les parquets de la place Beauvau,
Fait les courses du Ministère, est lâche, faux,

Intrigant et si mal embouché qu'il dégoûte
Jusqu'aux youpins, jusqu'à Le Frapper ! Je suis toute
A ce maître de mes désirs, de mes lingots,
Marchand d'esclaves mi-partie et calicot.

Timbre : *La Madona col Bambino* (H. Monpou)

Ce galapiat, nonobstant son visage
    De mauvais chien,
A tant de branche, il fait si bel usage
    De notre bien ;
Il est si plein de lui quand il aboie
    Contre un grimaud,
Son rédacteur qu'il escroque et rudoie
    En maîtres mots ;
Il est vraiment si plat devant les riches,
    Si convaincu,
Lorsqu'il s'en va tirer leur pied de biche
    Pour un écu ;
Il a si bien pris l'argent dans la poche
    De Charbonnel,
Que mon amour, sans crainte ni reproche,
    Est éternel.
Aussi, malgré le ban de saintes femmes
    Qui, sous ses pas,
Offrent l'encens, la myrrhe et le cinname,
    Je ne crois pas :
Je ne crois pas que jamais il dédaigne,
    Ce faible cœur,
Ma taille plate et mes cheveux châtaigne
    D'enfant de chœur.
Mon noble époux qui fait de la sculpture
    L'adore aussi,
Ayant été par ma littérature
    Fort dégrossi.
De mon héros il prise tant la mine,
    Le ton, l'oser,
Qu'il aimerait à se voir par lui mine
    — autoriser.

MÉVISTO

Et vous, ma chère enfant?

LA REPORTERESSE

Timbre : *Autour du Chat noir* (A. BRUANT)

Moi, je suis journaliste.
Je n'écris pas en vers
Et je dresse la liste
Des jolis faits divers.
J'ai, pour *La Vie heureuse*,
Pondu quinze romans.
Est-il une pierreuse
Qui lime si drûment?

Madame Quivogne,
Marc de Montifaud
Qui rime à « vergogne »
Est très comme il faut.

Je suis bien plus gironde
Que le museau d'un ours
Et l'on trouve à la *Fronde*
Mes ouvrages trop courts.
Cependant je fabrique
De multiples cancans
Sur les bruits d'Amérique
Ou sur ceux des Balkans

Et chacun déclare
Que c'est effarant
Chez la grosse Mare
— guerite Durand.

LES QUATRE FEMMES ET MÉVISTO, *ensemble.*

Madame Quivogne,
Marc de Montifaud,
Qui rime à « cigogne »
Est très comme il faut.

LE CENSEUR

O choquant ! Très impropre ?
O tout à fait *undesirable !*

LA PÉRIPATÉTICIENNE

Moule à gauffres !

MÉVISTO

A vous madame la...

LA GUILLOTINE

Machine à Guillotin
Qui, pour complaire aux électeurs, ai, ce matin,
Fait ma rentrée en décollant cinq ou six têtes,
L'Exécutif qui n'a pas l'âme d'Epictète
Et qui tient à garder sa place, ayant permis
Que l'on donnât ce fin régal à mes amis.

Or, ces amis que ratatine
La frousse verte, à Libitine
Ont dévoué la guillotine.

A l'heure où le soleil renaît,
Près du feu, dans son cabinet,
Monsieur Prudhomme déjeunait

Et, suivant les bonnes coutumes,
En des soliloques anthumes,
Il exhalait son amertume.

Estimant le siècle pervers,
Et que tout marche de travers,
Il se plaignait des faits divers :

Des flics au-dessous de leurs tâches
Et des cognes que les apaches
Impunément traitent de « vaches ».

Il disait le trottoir conquis
Et les vieilles dames de qui
L'on avait serré le quiqui.

Il répétait le cri des vierges
Mises à mal : « Maman, le perds-je ? »
Et le désarroi des concierges.

Concierges fûtés ou balourds,
De Grenelle ou de Clignancourt,
Touchant le terme de leurs jours.

Et les bons papiers catholiques
Incriminaient la République,
La laïque et toute sa clique ;

Monsieur de Mun donnait le *la*
Aux gitons féroces de la
Horde qui fiente sur Zola ;

Et Rochefort, sans muselière,
Cocu béni des jésuitières,
Bavait : « C'est la faute à Fallières :

« Qui de chair humaine friand,
« Fut, pour plaire au *Grand Orient*,
« Le complice de Soleilland. »

Dans sa robe de chambre perse,
Bientôt Prud'homme qui se berce
Eut des craintes pour son commerce.

Il veut du sang, des flots de sang,
Afin que le Crime impuissant
Ne morde pas au Trois-pour-cent.

Et me voici ! Très amicale,
J'adornerai vos lupercales
De ma grâce chirurgicale.

Belfort, et Locmariaker,
Et Nante applaudiront en l'air,
Anatole, fils de Deibler.

Et ces honnêtes gens qu'attriste
L'existence des terroristes,
N'en parleront plus qu'à l'aoriste.

Je suis le bijou des curés.
Le peuple m'aime. Vous verrez
Tous les brigands défenestrés.

Vous verrez les feuilles publiques,
Les blocardes, les catholiques
Et celles où Gohier rapplique,

Aux bourgeois offrir, dès demain,
Par manière de bonne main,
Un déjeuner de sang humain.

MÉVISTO

Très délicat ! Et vous, ma belle enfant, que rumi-
nez-vous ainsi ?

LA PÉRIPATÉTICIENNE

Je rumine la décadence de mon atelier, des Invalides. Je faisais les beaux soirs de l'esplanade. J'étais
amicale et discrète. Je dispensais aux promeneurs tar-
difs la conclusion des rêves que l'on fait aux étoiles.
C'étaient aussi les invalides, oui, monsieur ! je l'ose
dire, les amputés de l'amour. Tout s'en va. Mes tarifs
étaient modestes, à la portée des surnuméraires et
des garçons de bureau. Mais l'hôtel des éclopés se
vide. Les dieux s'en vont et j'ai vu fuir, tantôt, le
dernier Invalide, évincé par un rond de cuir.

MÉVISTO

Triomphe du pacifisme !

LA PÉRIPATÉTICIENNE

Et de la bureaucratie, hélas ! J'émigrerai, j'irai met-
tre mes talents au service des classes laborieuses.

Timbre : *Belleville-Ménilmontant* (A. BRUANT).

Moi, je reste la catin,
Délice des purotins
Qui s'balladent à la file,
   Dans Bell'ville.
Grâce à moi, les jeunes gueux
Et les ivrognes fougueux
Prendront un peu de bon temps,
   A Mesnilmontant.

Vois mes chass ! Ils sont rieurs
Car sur le boul' extérieur,
J'ai vécu plus d'une idylle,
    A Bell'ville.
.Les trimardeurs, les poivrots
Boiv't avec l'ami Pierrot
Et chahutent ben contents,
    A Mesnilmontant.

MÉVISTO

Le berger de l'Ida serait fort empêché
D'offrir la pomme à l'un de vous, jolis péchés
De ce Paris qui n'a pour monstres que des roses,
De Paris où tout n'est que Lignons et Formoses.
Il me plairait beaucoup vous garder toutes ! Mais
Qui voudrait, fût-ce la princesse de Chimay,
D'un tel groupe où j'aurais l'aspect de Barbe-Bleue,
Du roi des Huns ou bien d'un vizir à trois queues ?

LE CENSEUR

Le Mévisto, je crois, tel un vieux Céladon ·
Tient des discours pornographiquee. Mouchardons !

(Il écrit sur un calepin).

MÉVISTO

Je choisis, puisqu'il faut choisir, la jeune belle
Que voici. Prenons-la pour muse.

(Il donne la main à la reporteresse.
Les autres se disposent à sortir).

En ribambelle

Jeux et Ris viendront quand elle, pour coup d'essai,
Dira la scène à faire aux mânes de Sarcey.

LA REPORTERESSE

Elle a laissé tomber la redingote ou le waterprooff qui la couvrait. Elle a ôté son canotier de feutre noir. Très élégante et riche toilette de soirée. Elle redescend vers Mévisto et fredonne, tout en piquant une fleur dans ses cheveux.

Timbre : *Hérodiade* (MASSENET).

Si tu l'avais voulu,
J'aurais bien pu garder auprès de moi ces anges.
Pourquoi les renvoyer ?

MÉVISTO

C'est la coutume, belle enfant.

LES TROIS FEMMES, *ensemble.*

C'est nous, trottinant comme des souris,
C'est nous les monstres de Paris.

(Le reste comme dessus, exeunt).

MÉVISTO

Et maintenant, très aimable, assistons au défilé des choses parisiennes.

LE CENSEUR

Chouette ! Mais tout cela ne m'explique pas à propos de quoi vous avez appelé ceci du nom plutôt risqué de *La feuille à l'envers*. Je n'ai pas à vous débobiner par la suite de quelles conjonctures une donzelle amoureuse peut-être induite à voir sous cet aspect les essences forestières. Mais pourquoi vous réclamer à présent d'un tel geste lubrique — et d'un tel mot ?

MÉVISTO

C'est bien simple. Vous allez, à votre tour, comprendre sans effort.

LE CENSEUR

Je ne demande pas mieux.

LA REPORTERESSE

Et pareils à ce pneu malin qui boit la route,
Je boirai vos discours jusqu'à l'ultime goutte.

MÉVISTO

Chère madame et vous, le censeur, grand merci,
Des hauteurs de Montmartre au carrefour Buci,
Point n'est-il d'*ouvrier*, de bourgeois, ou d'esthète
Qui ne puisse la chose enclottir dans sa tête.
C'est facile à comprendre autant qu'un feuilleton
De monsieur Jules Bois ou Paul Mariéton.

LA REPORTERESSE

Dans ce noble pourpris égayé de fontaines
Où, pour les guilledous et pour les prétentaines,
S'ouvre comme un boudoir mainte grotte d'azur,
Où l'air est calme, l'ombre tiède, le ciel pur,
Où, nonobstant l'hiver, et le froid, et le givre,
S'épanouit comme un grand lis l'orgueil de vivre,

Nous avons, de par la vertu d'un talisman
Que le docteur Papus nous vendit chèrement
Et, d'après les conseils d'un théosophe vague,
Réuni près de nous les Amours vulgivagues,
Toutes les Vénus qui, de la crèche au tombeau,
Nous aident, par instants, à voir la vie en beau.

MÉVISTO

De la feuille à l'envers les modes sont changeantes.
Bien plus que les rêveurs mystiques d'Agrigente,
Par la fuite des soirs les couples emportés,
Oublieux de leurs printanières voluptés,
Quand, après les lilas, fleurit le laurier-rose,
Aspirent aux douceurs de la métempsychose
Et de l'amour éteint ramenant le convoi,
Cherchent d'autres plaisirs dans leurs corps d'autrefois.

LA REPORTERESSE, *elle prend le bras du censeur et le con-
duit vers la maison du divorce.*

Voici, non loin de vous, la maison fatidique
Où tout ménage épris d'aventures, abdique,
L'épouse renonçant à l'époux, comme on rend
Une langouste défraîchie, au restaurant.
Et c'est vraiment exquis ce contrat de louage,
A la course, à la nuit, ce léger cocuage
Où Caïus, que jamais un serment ne lia,
Tire sa révérence et déserte Caïa.

MÉVISTO, *même jeu.*

Et voici *Le Coccys*, journal des amazones,

« Dont la barbe fleurit » et dont le chef grisonne,
Messagères d'un temps amène et cordial
Où, chaque soir, nous entendrons Bonnevial,
Où dame Pelletier, en pantalon garance,
Fera parler la poudre et graillonner le rance,
Où les vieillardes aux transports incandescents,
De force, investiront les beaux adolescents.
Jours heureux !

LA REPORTERESSE, même jeu.

Et voici l'échoppe fort discrète
Où le papa Robin armé de sa curette,
Suppédite par des remèdes éprouvés
Force dames de qui les ventres ont levé.

MÉVISTO, même jeu.

Sous ce rideau chiné d'ocre pâle et de mauve,
Dans un jour indécis qui baigne leur alcôve,
Mon frère Yves, auprès d'un noir de Djibouti,
Se remémore les époques où Loti
Parcourait le Désert et couchait sous la tente...

LE CENSEUR

Monsieur! N'employez pas de mots à double entente !

MÉVISTO

Cependant qu'aux lueurs confuses des trépieds,
Arrigens lit les vers de Legrand-Chabrier
(Ou Chabrier-Legrand, car il n'importe guère
Que Legrand soit devant ou bien qu'il soit derrière.)

LA REPORTERESSE, *même jeu.*

Et si vous pénétrez enfin dans cet enclos,
Chapeau bas ! Qui jamais pourra dire ton los,
O toi l'ingénieux et le brave ! Sosie !
Qui, par tes bonnes mœurs et par ta courtoisie,
Par ta force, maintiens le Char de l'Etat, quand
Son conducteur le fait nager sur un volcan !
Les ministres, les députés, comme Félisque,
Fréquentent pour beaucoup d'or chez les odalisques
Et noblement ils ventripotent dans leur nid,
A l'instar de Lauzun, de Luyne ou de Morny.
Que d'un mari fâcheux l'infant de l'Elysée
Crève le bide, en ayant fait une risée,
Que l'Homme aux douze cents mille francs aille voir,
Après un dîner lourd, quelque fleur de trottoir :
S'il en advient du mal, toujours prêt, le menechme
Apparaît au moment opportun, avec flegme,
Fait le mort, se promène en pet-en-l'air, en frac,
En chemise, tout nu, se dévoile aux kodacks.
Et, pendant que le trépassé court dans son fiacre,
Pendant que monsieur fils enjambe une polacre
Et rebute Paris en un départ hâtif,
Il se targue d'avoir sauvé l'Exécutif.

MÉVISTO, *se tourne vers la sixième boutique.*

Et voici le temple du gnon,
Du chahut, de l'escafignon,
Où Biétry prend ses compagnons
Et ses potaches,

Prompts à jouer du coutelas,
Si les gendarmes n'étaient pas
Formidables pour ce judas
    Meneur d'apaches.

Tous les genres de polissons,
Les chourineurs et les poissons,
Les marlous et les grandissons,
    Et les del Sarte ;
La clique entière des valets
Jaunes, blancs, noirs ou violets,
Qui sont entretenus par les
    Filles en carte ;

Les malfaiteurs avec les sots
Et les aimables jouvenceaux
Que recrutent dans le ruisseau
    Diverses ligues,
Pour sauver le Trône et la Foi,
Pour élever « notre grand roi,
« Philippe VIII », sur le pavois,
    Total : un cigue ;

Les gentillâtres décavés
De qui les émaux champlevés
Furent abondamment lavés,
    Et les copailles

Qui, pour se donner un blason,
Cherchent une combinaison
Ingénieuse, et la Maison
　　De Prétintaille ;

Tout ce monde inepte et cafard
De l'Eglise ou du lupanar,
Gibier de prison et de hart,
　　Voyous, hilotes,
Les avortés et les pourris
Que les bons pères ont nourris
Applaudissent le Grégori
　　Quand il crachote :

Quand il crachote sur Zola,
Comme un crapaud qui met sur la
Pelouse en fleur d'une villa
　　Sa crotte noire.
Et dix contre un, gaillardement,
Ils vaquent à l'égorgement
De qui trouve leur boniment
　　Cachinnatoire.

MÉVISTO

Et maintenant, chère madame, passons la main
aux actualités. Dispensez-moi des mots à double entente, des brocarts sur la bleue et les cheveux de
Pelletan, sur l'obésité de Fallières. Dispensez-moi

des propos obscènes et des gestes cochons. Cela ne fait même plus rire la jeunesse.

LA REPORTERESSE

Ernest ?

MÉVISTO

Ne dites pas d'incongruités. Par bonheur, toute la jeunesse de France ne s'appelle pas Ernest.

LA REPORTERESSE

Le mot n'est pas de vous.

MÉVISTO

C'est pour ça qu'il est bon. Ne fait même plus rire la jeunesse, les calicots dont l'esprit s'est affiné depuis que M. Barrès leur a donné le culte du Moi.

LA REPORTERESSE

Le culte ?

MÉVISTO

Du Moi. Parfaitement. Cela se nommait, jadis, la muflerie. Aujourd'hui, cela mène à tout, même à l'Académie, et donne — paraît-il — de petites secousses.

LE CENSEUR

Allez vous finir vos impudicités ? Est-ce que l'on m'en donne à moi, des petites secousses ? Je n'en suis pas moins beau pour cela.

LA REPORTERESSE

Tu parles, Charles! mais j'entends nos visiteurs. Je les vais recevoir comme si j'étais Edouard VII et qu'eux fussent le Président.

Entrent Lévy, Lemoine, Rochette et Claretie.

Timbre : *Séparation* (XAVIER PRIVAS).

LES QUATRE, *ensemble.*

Nous sommes les héros de la saison présente,
Les hommes dont chacun se répète le nom
Et qui, dans le *Matin* où Pelletan plaisante,
Ont monsieur Poidebard pour statu, de Memnon.

MÉVISTO

Poidebard? Quel est cet individu?

LA REPORTERESSE

Comment tu ne sais pas? Poidebard ? Notre Poidebard! Une gloire de la France! Poidebard, *cognomine* George de Labruyère. La vigueur de sa ment... alité, naguère, lui valut ce distique :

« Ses témoins sont de poids, son outil une barre,
« C'est pour ça qu'il reçut le nom de Poidebard. »

MÉVISTO

Ah! superlatif! (*au quatuor*) Continuez.

LES QUATRE, *ensemble.*

Nous sommes les héros favoris de la gloire,
On s'arrache nos mots, nos lettres, nos portraits.
Et, pour être bien sûr d'éditer nos mémoires,
Bunau les fait écrire à des auteurs exprès.

MÉVISTO

Mais ils ont l'air gai comme une volière de pinsons.

LA REPORTERESSE

Ils viennent voir la commère, faire la fête...

MÉVISTO, *saluant.*

Et la trouve bien faite.

LA REPORTERESSE

Merci !

MÉVISTO

Bravo, messieurs ! Le pain de la douleur ne vous attriste pas. Vous lappez gaiement le vinaigre de l'adversité.

LA REPORTERESSE

Alors, on vient faire un petit tour dans la bodinière à Mévisto ?

ROCHETTE

Oui. Nous daignons laisser tomber sur vous quelques rayons de notre gloire. Les buccins de la Re-

nommée accompagnent notre promenade. Ecoutez !
(*Bruit de trompes*).

MÉVISTO

Mais non. C'est l'autobus des Batignolles.

LEMOINE

Chère madame, nous ne sommes pas les premiers
venus.

MÉVISTO

En effet. La salle est pleine.

LÉVY

Ta pouche ! Est-ce gu'il se bayerait nodre gaffedière,
ce mec-là ?

MÉVISTO

Je n'oserais. Mais est-il indiscret de vous demander
qui vous êtes.

LÉVY

On de l'a décha tit, pouffi ! Les hommes tu chur,
goi ! la brofitence des chournaux et le bain tes inter...
tes inter... (*à Claretie*). Gomment ça se tit, eh l'aga-
démicien à la mangue ?

JULES CLARETIE

Interwiever, mon cher confrère.

LES QUATRE, *ensemble*.

Timbre : *La petite Tonkinoise.*

Dans la presse,
Tout s'empresse.
On parle de nous sans cesse.
Nos deux paires de visages
Brillent en premières pages.
Hommes, femmes,
Tout se pâme,
Imbu de notre réclame.
Nous aurons dans un parterre,
Notre buste comme Homère.

MÉVISTO

Homère? on va ériger un monument à ce vieillard qui n'a jamais existé?

LA REPORTERESSE

Raison de plus. Monsieur Denys Puech a déjà une maquette de bas-relief où l'on verra l'auteur de l'*Iliade*, jouant de la lyre, dans son cabinet de travail.

LE QUATUOR, *ensemble.*

On nous vante depuis des s'maines
Nous les gaga, nous les galants phénomènes
Nous sommes, ô peuple, ravi.

LEMOINE

Lemoine.

ROCHETTE

Rochette.

LÉVY

Et Leffi.

CLARETIE

Moi, j'suis l'homme au nez cassé
Par qui Mirbeau fut vexé.

MÉVISTO

Par la Saintsangrebois ! Voilà des gens de la grande
portion.

LA REPORTERESSE

Et tout à fait gracieux d'être venus. Entrez, messieurs. Vous êtes chez vous.

ROCHETTE

Oserai-je, madame, vous demander votre nom ?

LA REPORTERESSE, *accent.*

Dominiquette Viralose, rédacteur à *La Fronde* et
fille d'un drapier, mais issue, autrefois, des princes
d'Aragon. *En* Peyre m'a faite, avant de partir pour
Muret, en 1213.

ROCHETTE

Seriez-vous de Toulouse ?

LA REPORTERESSE, *accent.*

Est-ce que cela se voit ?

> Défilé. Avec son face-à-main, le
> Censeur attentif regarde. Il dévi-
> sage minutieusement Rochette.

ROCHETTE

Qu'est-ce ? un acheteur (*tirant d'une serviette qu'il a sous le bras plusieurs liasses de papier*).

Profitez ! Profitez ! occasion unique. Il me reste à peine trois cents titres. Demandez ! Demandez ! *Société pour l'exploitation des arbres à copahu ! Mines de Jehan Rictus !* Demandez ! *Les carrières libérales à la portée de tous !* Sept cents francs chaque action, l'une dans l'autre ! A vous, monsieur ! le paquet ! Vous faites une affaire d'or.

LE CENSEUR

Mais, monsieur, je ne viens pas pour ça. Je suis une manière de sergot et non pas de gogo. Chargé par le préfet de Police...

ROCHETTE

Lépine ! Mon ami Lépine ! je vous les baille à six cents francs.

LE CENSEUR

M...erci ! Je n'ai besoin de rien.

ROCHETTE

C'est cela. Débinez la marchandise. Allez ferme ! Poussez ! Dites que je suis un filou, un plagiaire, que c'est moi qui fais les romans du baron Toussaint, comme la Lune.

Je vous obligerai à comparoir en police correctionnelle. J'ai un passif de vingt-cinq millions, sachez-le. Conséquemment la Justice n'a rien à me refuser.

LE CENSEUR

Mais, monsieur (*à part*). J'aurais mieux fait de rester dans ma cave.

ROCHETTE

Nous allons bien voir. Ici, Rab ! Ici !

Abois dans la coulisse.

LE CENSEUR, *épouvanté*.

Voilà ! Voilà ! Je ne suis pas un brave, moi ! Je sais caner, quand il le faut. Voilà votre argent (*Il paie, accepte la liasse et tristement s'asseoit dessus*). Comme je l'eusse calotté. Mais c'est un homme à poil. Un homme à poil qui n'est pas nu.

MÉVISTO, à *Lemoine*.

Et ce diamant ? Vous nous avez promis un diamant, un gros diamant, le *Ko-hi-noor* de Brobdignac, taillé à facettes comme la prose de Maurice Talmeyr.

LEMOINE

Homme pieux, mais que visite rarement la Troisième Personne. J'ai promis ! J'ai promis, c'est entendu, mais je n'ai pas dit pour quelle date.

D'ailleurs, voici, mis au net, pour mon avocat, une façon de plaidoyer. Le voulez-vous ouïr ?

LA REPORTERESSE ET MÉVISTO

Comment donc !

LEMOINE

Timbre : *Concierge complaisant* (G. TIERCY).

Mon histoire, monsieur le juge, est lapidaire.
J'en ai déjà fait part à Mahot, mon notaire
    Ah badaboum !
Connaissez-vous ce qu'on dénomme la synthèse ?
Le diamant n'est pas aussi clair que ma thèse,
    Ah ! badaboum !
Dans une heure, au plus tard, vous aurez des lumières...

MÉVISTO

La barbe !

LA REPORTERESSE

Un cadenas !

LE CENSEUR

Un bouchon.

LÉVY

Tais ta g...

CLARETIE, *lui met vivement la main sur la bouche.*

Oh ! choquant !

LA REPORTERESSE

Monsieur, n'allez pas plus loin.

MÉVISTO

Oui, c'est une défense très habile, dans le genre de
M. Bernstein. Un avocat n'a pas besoin de plaider

la vérité. D'ailleurs, elle est toujours avec le client qui paie le prix fort.

ROCHETTE, LÉVY ET CLARETIE

Bravo! Encore et toujours, bravo!.

LEMOINE

Vous êtes fixés, à présent, je l'espère?

MÉVISTO

Comment]donc (*à Claretie*). Et vous, cher monsieur, qui vous amène ici? Votre air discret...

LA REPORTERESSE

La distinction de vos manières...

MÉVISTO

Votre nez qui s'incline...

LA REPORTERESSE

Et comme le blé mûr suit la rose des vents...

MÉVISTO

Indique un homme peu vulgaire...

LA REPORTERESSE

Une nature d'élite...

MÉVISTO

Un administrateur prudent...

LA REPORTERESSE ,

Un journaliste copieux...

MÉVISTO

Un Quarante de marque...

LA REPORTERESSE

Un orateur funèbre...

CLARETIE, *il déclame sur une tenue d'orchestre.*

Sur cette fosse entr'ouverte, Balandard ! écoute, une dernière fois, l'adieu ému de tes confrères. Et que ces paroles que je prononce aux vents t'apportent, avec le souvenir de nos cœurs, une promesse d'immortalité.

(Il fait le geste d'écraser une larme.)

MÉVISTO ET LA REPORTESSE

Que c'est beau ! Que c'est pénétrant ! On dirait du Bossuet pour écoles primaires ! Ah monsieur, je n'ose vous reconnaître. Seriez-vous...

CLARETIE

Je le suis. Mais pas d'indiscrétion. Il y a peut-être, ici, des journalistes. Appelez-moi simplement : *Je-sue-l'article.* C'est l'anagramme de mon nom.

LA REPORTERESSE

A quelle heureuse conjoncture, cher maître, devons-nous l'heur de vous posséder ?

CLARETIE

Voilà. Naguère, on a beaucoup parlé de moi. Or, vous savez qu'il y a un tas de choses naturelles partout ailleurs, qui deviennent parfaitement scandaleuses dans mon *emporium*, le « petit vin blanc », par exemple, ou la duchesse qui ne prend pas de *tub*. Aussi, je voudrais bien demander à mon ami Jean Poux, à mon ami Jean Poux qui a tant souffert ! de m'octroyer une petite place dans la revue. Et même, j'ai préparé...

LA REPORTERESSE

.Timbre : *Thaïs* (MASSENET)

Donne-nous ton papier ! Couronne-toi de prose,
Polygraphe retors, mais hostile au Foyer.

CLARETIE

Ah ! madame ! Voilà bien la grâce, compagne ordinaire de la beauté. Je ne dirai plus, désormais — puisque vous êtes si charmante — je ne dirai plus, comme Hamlet : « Désespère et meurs ! »

LA REPORTERESSE, *même timbre.*

Cè que tu dis n'est rien, ou du moins pas grand'chose.
Polygraphe bénin, donne-nous ton papier !
Ça peut toujours servir.

CLARETIE

Vous avez raison, madame. Je suis toujours bénin.

J'aime tout le monde, les bourreaux et les victimes, les crétins et les penseurs, les braves et les lâches et vous en particulier, belle dame, qui m'accueillez si bien.

L'horizon s'éclaircit. Mon affaire est très nette. Il ne reste plus quoi que ce soit d'obscur, sinon les vers de *La Furie*. Au surplus, depuis quelque temps, l'opi- nion a varié.

LÉVY

Afarié ! Afarié. C'est-y pour moi gue fus tites ça ? Te guoi...

MÉVISTO

Je ne pense pas.

LÉVY

Bar le Tieu te mes Bères ! Si je fus enfoyais bar le vussil mes piffedegues te fâche enrachée, vus ne la meneriez pas si larche. Eh ! fas tonc l'lessard fert !

MÉVISTO

Mais enfin, monsieur.

LÉVY

Ta queule, hein ! dette de feau !

MÉVISTO

Je vous demande pardon, monsieur, nous ne sommes pas à la Chambre des Députés.

LA REPORTERESSE

Je vous assure que monsieur ne voulait point...

LÉVY

Che ne marge bas. Ch'ai les bieds truvés. Afarié ! Eh ! pien, la bedite mère, che ne zuis beut-être
bas le zeul à tébider te la pidoge afariée. Temantez à monsieur Prieux. Temantez à Vrançois
Bremier. Z'est-y bas lui gui jandait : « Soufent,
vemme afarie ! » à gause te la pelle Verronnière gui
l'affait verré. Matame a prévere beut-èdre la fiante
grue.

LE CENSEUR, *indigné.*

Hors d'ici, voyou ! Cynique drôle ! Anarchiste ! Jé-
suite ! Conspirateur !

ROCHETTE

Allons, du calme ! Tenez-vous, que diable !

CLARETIE

Monsieur de Castellane est peut-être dans la salle.
Or, vous savez comme il fait la police des *music-
halls.*

LÉVY

Te guoi ? Che ne zuis bas te la noplesse. Chez nous,
guand on vait le maguereau, l'on ne bose bas à la
ferdu. Dous ces chens-là y me découtent. Eh ! fa
tonc, piffedegue t'hopidal !

ROCHETTE, LEMOINE, CLARETIE, *infiniment corrects.*

Allons nous-en. Madame, monsieur !

> Ils partent après avoir salué sur
> la ritournelle d'entrée.

LA REPORTERESSE

Enfin seuls !

MÉVISTO

Quel goujat !

LA REPORTERESSE

On dirait à l'entendre le marquis de Rochefort-Luçay.

MÉVISTO

Vascaga ?

LA REPORTERESSE

Lui-même !

MÉVISTO

Allons, remettez-vous. (*lui tendant un flacon*) Des sels ?

LA REPORTERESSE

Merci. La brute a une odeur de nationaliste.

VOIX DE FEMMES, *dans la coulisse.*

> Conspuez les hommes !
> Conspuez les hommes!
> Conspuez !

MÉVISTO

Tiens ! voilà nos hôtes qui se font conspuer.

LA. REPORTERESSE

Tant mieux ! Ça les aguerrit à la vie publique.

LES VOIX

Votons, mesdames !
Votons, mesdames !
Votons !

MÉVISTO

Qu'est cela ? une révolution ?

LA REPORTERESSE

Bah ! une émeute d'alcôve tout au plus. Vous en-
tendez : « Conspuez les hommes ! »

MÉVISTO

C'est le *Hanneton* qui vient ici. L'ail va renchérir.

LA REPORTERESSE, *pudibonde.*

Oh ! mais ce sont elles.

LES SUFFRAGETTES, *entrent en coup de vent.*

Conspuez les hommes !
Votons, mesdames !
Votons !

MÉVISTO

Voyons mesdemoiselles, pourquoi tout ce foin ?
Pourquoi, mesdames, tout ce bruit ? Pour vous pro-

duire ainsi en public vous devez avoir de bien utiles revendications à formuler.

TOUTES, *parlant à la fois.*

Des revendications, cher monsieur, nous en avons plein nos poches.

MÉVISTO

Ah ! pardon ! Avec les robes à la grecque, ça ne doit pas être bien aisé.

PREMIÈRE SUFFRAGETTE

A la grecque ou non, désormais nous nous passons de robes, nous étant délibérées de porter la culotte.

LE CENSEUR

Pardon, madame. Dans culotte, on peut entendre l'initiale de Quentin Metsys et de Quesnay, dit Beaurepaire. C'est une obscénité !

DEUXIÈME SUFFRAGETTE, *lorgnant.*

Qu'est ce bonze ?

LA REPORTERESSE

Un inquisiteur laïque. Il représente chez nous le Saint Office de Genève. Celui de Rome n'était auprès que de la Saint-Jean.

MÉVISTO

Du feu de la Saint-Jean.

PREMIÈRE SUFFRAGETTE

Moi, j'incarne les bas-bleus, les femmes de lettres, les écrivains en jupons. Je n'ai pas de voix pour chanter, mais je braille en revanche et la barbe de madame Pognon ne me faisait pas peur.

LA REPORTERESSE

Je comprends. Vous demandez, pour les femmes, la suppression des auteurs masculins.

Timbre : *Les frères joyeux* (Valse).

Les femm's de lettres ont, sur le marché,
    Pris tous les débouchés.
Elles vendent leurs proses, leurs vers,
    Leurs feuilles à l'envers,
Leurs jolis romans à la Montépin,
    Comme des petits pains,
Et débitent plus de livres nouveaux
Que George Ohnet ou bien Marcel Prévost.

Cell's qu'ont d'l'argent, des titres, font florès,
    Couchent avec Barrès ;
D'autres ont leur visage émerveillé
    D'avoir tant bafouillé.
Mais les vieill's de qui les dents à pivots
    Sentent le pied de veau,
Ne connaissent d'autre plaisir charnel
Que d'applaudir l'ex-abbé Charbonnel.

Vous voulez remplacer, dans les journaux,
Les mâles, ces fourneaux,
Bêtiser, en décembre comme en juin,
A la façon d'Harduin,
Traiter de la bourse, des arts, des sports,
Battre chaque record
Et, plantant partout votre fier drapeau
Ne laisser rien aux hommes que la peau.

MÉVISTO

Mais il n'y a pas là de quoi s'ennuyer.

DEUXIÈME SUFFRAGETTE

Moi, c'est au nom de mes compagnes révolution-
naires que je parle. Je me propage dans la politique
et ses faubourgs.

Timbre : *L'Internationale.*

Mes sœurs, duchesses ou tripières,
Faisons, pour rénover l'Etat,
La grève du serre-cropière
Comme au temps de Lysistrata.
Aux mâles qui nous asservissent
Nous imposerons notre loi,
S'ils n'ont pour égayer leurs vices,
Que l'pianiste Dusauthoy.

VOIX DANS LA SALLE (*parlé*).

Voyez plutôt le Chef-des-odeurs-suaves !

Au Sénat, à la Chambre
Portons-nous ! Et, demain...

(*Les derniers vers du refrain se perdent, mâchonnés*).

TROISIÈME SUFFRAGETTE

Moi je représente nos cousines de l'amour libre.

QUATRIÈME SUFFRAGETTE

Et moi, nos tantes de l'infécondité.

Timbre : *En revenant de la revue.*

J'suis la mèr' d'un' nombreus' famille
Mais je rote sur monsieur Piot.
J'défends aux femm's, aux jeunes filles
De procréer des loupiots.
Pour mater les homm's, ces despotes,
Je me pare d'une capote,
Capot' qui fait l'amour capot,
Etant le contrair' d'un chapeau.
Je trimballe sur moi
Des épong's, des bouts d'bois,
De jolis outils protecteurs,
Des poires, des irrigateurs !
M'sieur Robin de Cempuis
M'a légué ses étuis
Et dans mes discours pleins de sel,
J'attrap' le ton d'Nelly Roussel.

C'est décidé !
Sur nos bidets bridés,
Volons au pays des
Amours antiques.
Plus de bobos !
O myrthes de Lesbos !
Si l'homme veut des goss',
Qu'il en fabrique !

MÉVISTO

Voilà qui fera plaisir au prince d'Eulenbourg.

DEUXIÈME SUFFRAGETTE

Benêt va ! Ça te va bien de prendre un air entendu.
Accouche donc, imbécile.

MÉVISTO

Accoucher ! Souffrez, chère madame, que je me
récuse. Il me semble que vous seriez beaucoup mieux
dans cet emploi. Et vous, gracieuse enfant, quel est
— si j'ose m'exprimer ainsi — votre postulat ?

LA SUFFRAGETTE

Eh ! ben là, vous savez, je ne suis pas énormément
fixée.

MÉVISTO

Vous dites ? Enfin vous avez bien un vœu, un dé-
sir, un idéal. Tout le monde a un idéal. M. Arthur
Meyer, M. Jules Guérin lui-même, ont un idéal.

LA SUFFRAGETTE

Oh moi, vous savez, c'est bien simple. Je ne demande qu'à m'enrichir par le travail.

MÉVISTO

Malepeste ! vous avez des principes. Et ne pour-
rais-je vous donner un coup de main ?

LA SUFFRAGETTE

Un coup de main. Ce n'est précisément pas cela qui
me donnera les épinards de mes vieux jours.

MÉVISTO

Alors ?

LA SUFFRAGETTE

Eh ! bien, à parler franc, le métier de jolie femme
est encombré. L'offre surpasse la demande. Ne vous
étonnez pas. J'étais institutrice de la ville. Seulement
comme j'avais quelque esprit, je n'ai pas continué. Ça
n'est pas drôle de torcher le naze des marmots.

MÉVISTO

Vous aimez mieux torcher le...

LE CENSEUR, *furibond*.

Monsieur ! un mot de plus et je vous fais épouser
Mlle Bonnevial !

LA SUFFRAGETTE

Donc rien à faire chez Maxim', à l'*Abbaye*, au
Rat mort. C'est étonnant comme les robes de Paquin,
et les autos de Charron (à toi Mirbeau !), et les décors
de Mapple sont laborieux à décrocher.

Il y a presque autant de bergères dans la dèche que
de gentilshommes sur le pavé. Tout le monde ne sau-
rait à la force des nageoires atteindre le milliard.
Quant à moi, je sais que les talents d'alcôve, sans
plus, mènent à l'hôpital.

Or, je veux faire fortune, et quand j'aurais fini
d'exercer, obtenir la croix, fonder un journal, être
enfin ce qu'on appelle une p...rincesse honoraire.

Politique, littérature, beaux-arts, qu'est-ce que cela peut bien me faire, pourvu que je ramène sur mon oreiller ce que vous appelez, je crois, un ponte sérieux ?

Quant au reste, ces dames peuvent se faire avorter à leur aise, devenir ministresses ou sénateuses : je m'en bats l'œil avec une patte de grenouille, pour m'exprimer comme le cygne de Cambrai.

Toutes recommencent à crier.

MÉVISTO

Voulez-vous un conseil ?

TOUTES

Oui ! non ! si !

MÉVISTO

Un bon conseil ?

TOUTES

Eh bien quoi ?

MÉVISTO

C'est, à présent, la foire à Belleville. Montez-y voir un peu les hommes de Marseille et les fauves de Pezon. Là du moins, vous pourrer clabauder à votre aise.

TOUTES, *le houspillent.*

Conspuez les hommes !
Conspuez les hommes,
Conspuez.

Exeunt.

MÉVISTO

Ouf ! les voilà dehors. Elles trouveront chez Bidel, sans doute, et chez le beau Romanus un dompteur qui les assouplira.

LA REPORTERESSE

Mais elles vont effarer les jaguars .

MÉVISTO

Dont elles n'ont pas la beauté. D'ailleurs, elles pourront instituer le Parlement des Guenons. C'est l'aboutissant direct du féminisme.

LA REPORTERESSE

Ainsi, monsieur, vous n'êtes pas féministe ?

MÉVISTO

Oh ! je suis trop bien appris, et j'aime trop les femmes pour cela. Mais voici les figurants.

LA REPORTERESSE

Quels figurants ?

MÉVISTO

Eh ! quoi? vous ignorez? mais c'est aujourd'hui l'inauguration d'Alfred.

LA REPORTERESSE

Alfred ? connais pas.

MÉVISTO

Voyons, ma petite, voyons, tu ne connais pas Alfred (*Il épelle*) Al-fred-de-Vi-gny, na ! Cette vieille branche d'Alfred, un auteur gai, un rigolo sans pareil et d'un cochon...

LE CENSEUR

Hein ?

MÉVISTO

Je dis bien. Extraordinairement rigolboche et non moins libidineux ! Le rêve des commis-voyageurs. Il enfonce Paul de Kock. Il plonge Armand Silvestre dans un marasme couleur de poix.

> L'amiral Lekelpudubeck et ce trompette
> Fameux dans les cafés de Tarbes, Laripète
> Qui, jadis, chez Pantagruel ayant vécu,
> Noblement y portait le nom de Baisecul,
> Les tables d'hôte où l'on fait des tours de cartes,
> Où l'on dispense du poil à gratter, des tartes
> Borbonaises, afin d'obtempérer aux lois
> De la gaîté française et de l'esprit gaulois,
> Les substituts, dans la manière de Gueulette,
> Qui, le soir, au bordel, hantent les gigolettes,
> S'esclaffent, de la Meuse à la Bidassoa,
> Dès qu'on vient à nommer « le chantre d'*Eloa* »,
> Ce Vigny dont l'humour a de quoi rendre aphone
> Le pétomane accompagné du pétophone.

Tu n'as donc pas lu, comme qui dirait *Les Destinées* ou *La Colère de Samson*. Dommage ! Tu te serais tordue, au moins comme une folle baleine.

Aussi pour honorer la mémoire de cet excellent Vigny, de ce boute-en-train, l'Odéon a convié Polaire, Dranem, Mayol et quelques autres. On a chanté *Le fiacre*, *Héloïse et Abélard*, tout le répertoire de Xanroff.

LA REPORTERESSE

Cela ne vous semble-t-il pas un peu fourneau ?

MÉVISTO

En aucune manière. Après, l'on s'est quitté au bruit des plus joyeux refrains.

LA REPORTERESSE

Oui, je comprends.

Timbre : *Sur l'air du tra.*

Tous les preux étaient morts mais pas un n'avait fui.
Rolland seul est debout, Olivier près de lui.
Son âme en s'exhalant nous rappela trois fois :
Dieu ! que le son du cor est triste au fond des bois !

LES CHORISTES, *qui sont entrés depuis le départ des suffragettes et se sont groupés au fond de la scène :*

Sur l'air de suc' moi l'pied,
Tir' moi la moell' du nez,
Sur l'air de suc' moi l'pied !

LA REPORTERESSE

Et le public ? Il s'est montré satisfait ?

MÉVISTO

Le public est toujours satisfait, dès qu'on ne le force
pas à écouter Shakespeare. Mais c'est Marc Sangnier
qui n'a pas été content.

LA REPORTERESSE

Marc Sangnier. Je n'entends parler que de cet oli-
brius. Dis-moi ce qu'il vend.

MÉVISTO

Des paroles et puis des paroles encore, et toujours
des paroles, comme son oncle feu Lachaud qui fut,
il y a cinquante ans, le Mélingue de la Cour d'as-
sises. Marc Sangnier, lui, n'avocasse pas. Il prêche.
C'est un apôtre.

LA REPORTERESSE

En chambre?

MÉVISTO

Si l'on veut. La destinée a tapissé de roses son chemin. Il est riche d'argent et fort pauvre d'esprit. Il es-
pionne les jeunes élèves, moralise les beuglants et
fait du socialisme chrétien pour embêter le bloc.

LA REPORTERESSE

Et devenir ministre quelque jour.

MÉVISTO

Peu importe, d'ailleurs. Il a commandé une cérémonie expiatoire, en attendant la canonisation de Vigny.

LA REPORTERESSE

Mais ton Vigny n'était-il pas libre-penseur ?

MÉVISTO

Et puis après ? Tu sais bien que l'admiration des grands hommes est une affaire politique. Si les gens qui savent lire étaient seuls à glorifier les poètes, crois-tu qu'il y aurait tant de bustes répugnants à travers Paris ?

Penses-tu que les électeurs, ces ânes rouges, aient oncques ouvert un imprimé ?

Et puis, voilà ! nous sommes ici pour fêter Vigny, sans la moindre chansonnette. Le moment est venu (*Il regarde sa montre*). Attention !

Changement à vue. Décor funèbre. Tentures noires. Eclairage vert. On aperçoit le médaillon d'Alfred de Vigny lauré majestueusement. Une femme en deuil tend une palme. Une autre s'avance comme pour chanter. L'orchestre joue les premières mesures d'une marche funèbre.

MÉVISTO

Hein ! quel spectacle. C'est presque aussi beau que le monument Godard.

L'orchestre joue assez faux pour que le public s'en aperçoive. Rentrées cocasses du violon. Explosions de flûte. Le cornet à piston émet des notes déchirantes.

PREMIER SPECTATEUR, *il se lève furieux.*

C'est dégoûtant !

DEUXIÈME SPECTATEUR, *même jeu.*

C'est ignoble !

UNE DAME, *même jeu.*

Sacrilège ! Indécent !

UN JOLI JEUNE HOMME, *casquette, foulard.*

J'en ai mal aux ouïes.

UN TROISIÈME SPECTATEUR

Bouffre ! j'ai payé ma place. Laissez-moi écouter.
Foutez le camp, si ça ne vous plaît pas.

LA DAME

Un agent ! Au secours ! Un agent ! Où donc est-il,
l'agent ?

LE JOLI JEUNE HOMME

Au jeu de massacre. Il se fait la main pour les pas-
sages à tabac.

> Tout ceci cause un tumulte vio-
> lent. Cris Invectives. L'orches-
> tre joue de plus en plus fort et
> de plus en plus faux.

PREMIER SPECTATEUR, *sa voix domine le vacarme.*

Et je déclare, moi, que le chef d'orchestre est un
cochon ! Un double cochon, le roi de tous les cochons ?

> Le chef d'orchestre se retourne, suffoqué.

PREMIER SPECTATEUR

Oui, monsieur ! Vous pouvez me regarder ! Vous êtes ce que je dis et je suis étonné que l'on ne vous ait pas débité, jusqu'ici, en crépinettes. Comment ? Vous osez massacrer ma musique, un chef-d'œuvre ! *l'adagio* écrit pour ce beau vers :

« Je suis le grand Vigny. »

(*Il chantonne*).

La ! La ! La ! La !
« Je suis le grand Vigny ».

Croyez-vous qu'il en ait du talent, ce monsieur Eude ! Et comme il fait vaticiner les morts :

« Je suis le grand Vigny ».

Et vous n'avez pas de honte ? Et vous gâtez cela par vos cacophonies !

LE CHEF D'ORCHESTRE

Il descend lentement, gagne la
porte de l'orchestre et disparaît.

Cacophonies !

MÉVISTO

Tiens : le voilà fâché. Comment finir sans lui ?

PREMIER SPECTATEUR

Oh ! la ! la ! ne vous mettez pas en peine pour si peu. A moi le bâton ! Ça me connaît.

MÉVISTO

Vous êtes chef d'orchestre ?

PREMIER SPECTATEUR

Non, monsieur, arpenteur.

MÉVISTO

Et vous ?

DEUXIÈME SPECTATEUR

Potard.

MÉVISTO

Et vous ?

TROISIÈME SPECTATEUR

Plongeur.

MÉVISTO

Scaphandrier ?

TROISIÈME .SPECTATEUR

C'te question ! Plongeur, officier. C'est moi qui plonge la vaisselle dans un restaurant à vingt-deux sous.

MÉVISTO, *au joli jeune homme.*

Et vous ?

LE JOLI JEUNE HOMME

Eustache Galurin, coupeur de chats, tondeur de chiens, pour vous servir (*il fait le geste*).

MÉVISTO

Et c'est vous qui protestez ?

EUSTACHE GALURIN

Parfaitement c'est nous. Et puis après ?

MÉVISTO

A dire le vrai, je ne sais trop si vous êtes qualifié
pour intervenir...

EUSTACHE

De quoi? Intervenir? Qualifié? Mince d'élégance!
Eh! bien, mon petit père, sans te commander, le premier prix au concours des ténors, c'est bibi, *ex æquo*
avec Onésime Filandreux, garçon de café à la Gla-
cière. Ces autres sont les deuxièmes prix. Et puis, ça
te la coupe! Vois-tu, nous sommes en république.
Tout le monde n'a pas l'esprit de Jean Noté ou la voix
d'Alvarez. Néanmoins, on fera son petit chemin dans
les beaux arts.

Timbre: *La Veillée de l'Amant* [HUMPERDINCK-MONTOYA)

Quand avril ramène
La saison amène,
J'apparais aussi
D'Auteuil à Bercy.
Je suis un esthète
Vulgivague, doux,
Grand ami des bêtes,
Siens-siens et matous.

Mes ciseaux défrichent
Le poil des caniches
Et ma *navaja*
Pondère les chats.
Mon talent supprime,
Chez ces animaux,
L'instrument du crime
Et de tous les maux.

> Pour un prix modique
> Aux mouchards sadiques,
> Aux très vieux cartons,
> Sans c... ol ne tétons,
> J'offre, je prépare
> Et fais (pardonnez !)
> Des matous — c'est rare —
> Impassionnés.

Mais, à présent, c'est une bien autre affaire. Je ne tonds plus, je ne ne môralise plus chiens et chats, je ne récolte plus de la menouille au quai Saint-Paul, ou des procès-verbaux devant la Samaritaine.

Grâce à *Comædia*, oui, monsieur ! à cette généreuse, et forte, et perspicace *Comædia*, me voilà promu (*il hésite*) artiste, avec — par an — un million dans le gosier.

> Mon destin se hausse
> Car, sans note fausse,
> Hier, je triompha :

> (*Il solfie gauchement comme un gamin qui
> cherche ses notes*).

> *Fa, la, si, sol, fa* !
> Et l'on me demande,
> Pour, dans le giron
> De l'Opéra grande,
> Remplacer Gouron.

LA REPORTERESSE ET MÉVISTO

Bravo ! Très bien ! Exquis !

LE CENSEUR

Je prétends qu'on me compte!

EUSTACHE, *à part.*

Ce doit être Messager. Il me zieutait tout à l'heure pour voir si on est bon à porter le maillot. (*Il se campe dans une attitude prétentieuse.*)

MÉVISTO

Monsieur?

LE CENSEUR

Onésime Filandreux, ténor (*Il arrache ses favoris, ouvre la redingote qui l'étrique, jette son binocle et bouffe ses cheveux*), premier prix *ex æquo* au journal *Comædia.* Pour être bien sûr de ne pas manquer votre inauguration, je me suis costumée en Père-la-Pudeur. L'hygiène et la pudeur, c'est comme les moustiques et les mille-pieds. Ça se faufile dans tous les coins. Ça désoblige tout le monde et ça ne sert à rien.

Mais, dites donc, la petite mère! pas excitant, hein? les types à la Bérenger! Enfin me voilà! Et cette inauguration? C'est-y pour ce soir? Je vas toujours vous dire mon morceau de concours, en attendant :

> *Ecco ridente in cielo,*
> *Spunta la bella aurora...*

MÉVISTO

Pardon ! mais il faut attendre le délégué officiel.

Entre un garde municipal.

LE GARDE

Monsieur Mévisto, s'il vous plaît ? Monsieur Mévisto de l'inauguration Vigny ?

MÉVISTO

C'est moi-même.

LE GARDE

Voici donc une lettre pour vous.

MÉVISTO, lit.

De notre ministre. Il remet l'inauguration à deux heures du matin. C'est le plus sûr moyen de n'incommoder personne et d'opérer tranquillement.

LA REPORTERESSE

Donc, il ne nous reste plus qu'à chanter le couplet final. Voulez-vous, monsieur le ténor, vous charger de ce soin ?

ONÉSIME FILANDREUX

Avec plaisir. Boum ! Versez !

Madame Quivogne,
Marc de Montifaud,
Qui rime à « Pologne »
Est très comme il faut.

La farce est finie,
Donc applaudissez
Notre beau génie.
Bonsoir ! C'est assez.

Madame Quivogne,
Marc de Montifaud,
Qui rime à « Quinquengrogne.....»

      La troupe se débande et tandis
      qu'elle rentre dans la coulisse,
      chantonne la fin du couplet
      inintelligiblement.

RIDEAU.

ACHEVÉ D'IMPRIMER

le trente juin mil neuf cent neuf

PAR

BUSSIÈRE

à Saint-Amand (Cher)

pour le compte

de

A. MESSEIN

éditeur

19, QUAI SAINT-MICHEL, 19

PARIS (V^e).